POEIRA FRIA
CARLOS MACHADO

CARLOS MACHADO

Poeira Fria

Editora Arte & Letra
Curitiba
2012

Editor: Thiago Tizzot

Fotos da capa: Olívia D'Agnoluzzo

Capa: Frede Marés

Revisão: Tatiana E. Ikeda e Barbara Terra

© Arte & Letra 2012

M149p   Machado Carlos
         Poeira Fria / Carlos Machado. – Curitiba : Arte & Letra, 2012.
         98 p.

         ISBN 978-85-60499-39-7

         1. Literatura brasileira. 2. Romance. I. Título.

                                           CDD 869.93

Arte & Letra Editora
Alameda Presidente Taunay, 130b. Batel.
Curitiba - PR - Brasil / CEP: 80420-180
Fone: (41) 3223-5302
www.arteeletra.com.br - contato@arteeletra.com.br

b, com amor.

Há de se esfriar o coração. Mas quem? Essa frase dita em um momento de rancor pode ser muito dura e não tão verdadeira. Mas se dita com calma, palavra por palavra, olhando para o espelho, pode ser tão verdadeira quanto dizer que ama alguém olhando para os olhos dessa pessoa. Por isso não pode ser dita assim, sem mais nem menos, a qualquer momento e a qualquer pessoa. Precisa ser dita para o próprio espelho. Aí sim, olhos nos olhos. Nos mesmos olhos de quando era criança, ou adolescente. Pureza. Secura. E ele parece estar realmente seco, vazio de amor. Ou ainda, cheio de amor vazio. Como queira. Ama tanto, que não cabe nele mesmo (e muito menos no espelho). No reflexo vê a ternura misturada com rancor, dor, paixão. Mas vê também cabelos brancos. Desde os dezesseis anos. Agora parecem se sobressair na cabeleira de antes. Vê os brancos nos cabelos já ralos pelo tempo. Duas longas entradas na testa (cada vez mais profunda), três redemoinhos espalhados pela cabeça: um na frente, outro no meio e aquele chegando sorrateiro por trás. Nem de longe lembra os cabelos compridos amarrados com rabo de cavalo. Doze anos com eles presos aos sons barulhentos das guitarras. Soltos pela cadência dos acordes pesados e do ritmo da bateria. Agora, só lembranças. Duras. Ou ternas. Não se sabe. Sempre se colocou como um nostálgico profundo, certo de que o tempo de antes sempre foi melhor. Esquece-se do presente. E não é assim que se comporta um nostálgico? Não se sabe. Sabe apenas que esse tempo foi brilhoso, irresponsável. Continua com os olhos pelos cabelos brancos e pensando em como seria se ainda fossem pretos. Não o são. Isso já é fato. Um fato lamentável. Não consegue se entender com essa cor escorrendo pela pele, pelos olhos. A barba sempre malfeita acentua que já não é o mesmo garoto que tocava guitarra até nunca mais, até se esquecer que tinha que voltar para casa a fim de terminar um trabalho da faculdade, ou preparar a aula que daria no fim de tarde. Do lado dessa imagem do espelho, não vê mais os amigos dessa época. Por onde andam todos? Dormindo, como os amigos de Bandeira? A luz da última casa brilha forte, o som é opaco e bem longe. Todos parecem estar conversando palavras que não consegue entender. Está muito distante para saber. O parceiro das composições mora do outro lado do mundo. Não consegue mais colocar os dedos em acordes certeiros como de costume. O melhor de todos. Por muitos anos – dez – estiveram no mesmo quarto na frente do computador, do lado do violão, colocando letras e melodias tiradas da cartola. Tinham uma banda. Foi há muito tempo. Por onde anda o barbudo que se escondia por trás de uma voz grave saída da garganta e que afrontava a todos com palavras de Baudelaire? E as baquetas metrificadas do companheiro de bagunça de depois dos ensaios? Todos dormindo, sim. Todos. Por isso quando voltam, vêm apenas nas lembranças cada vez menos claras de sempre. Pelo espelho tropeçam os shows que fizeram juntos, as viagens com muitas piadas e coca-cola. Nada de álcool. Caretas. Certa vez, em uma cidade que não se lembra mais qual era, andaram pelo centro como uma comitiva de guerreiros, como se estivessem prestes a tomar conta da região para sempre, mas ao invés de armas e guerras, tinham histórias, piadas e coca-cola nas mãos. Chocolate de sobremesa. As outras bandas não entendiam o que aqueles cinco rapazes de Curitiba tinham de errado, já que queriam tomar leite com café na hora da cerveja. Veja você. E logo viravam piada entre os cabeludos. Mas na hora de ligar os amplificadores, eram sim os guerreiros que se pareciam. Quase como aqueles do apocalipse. De meia-tigela, é claro. Mas todos estão embaçados diante do espelho. Branco. Ele tem medo do próximo corte de cabelo. Será que vão crescer novamente? Olhando tão fixamente assim para os olhos, enxerga, quase sem enquadramento, como se parecia soberbo com aqueles fones de ouvido e suas músicas favoritas. Angus Young parecia lhe dizer que nada mais importava, apenas as notas. Black Sabbath mostrava que podia ser como eles.

I wanna be a rock star! Todos queriam. Não foi. Já passou. Nostalgia. Sempre nostálgico, como de costume. A tatuagem que nunca fez apagada com o tempo no braço esquerdo dizendo nada. Roupa preta. Sempre. Abria o guarda-roupa para escolher a melhor camiseta Hering preta para vestir e ir para a faculdade. Depois dar aulas. Depois ensaio. Sempre a mesma roupa. Sempre o mesmo sonho. Sempre o garoto. Não mais. Agora são olhos do passado. *Há de se esfriar o coração.* Voltar ao normal e ver que nada disso aconteceu. E não vai mais acontecer. O tempo passou. Um amigo lhe perguntou semana passada: depois de quase vinte anos, e se não der certo? Não deu, meu querido. Já não deu. Aliás, muitas outras coisas já não deram. Não foram os amores, não foi a família, não foram os amigos, o dinheiro. Não foi o que sempre quis ser. Já não deu. Ao menos é o que os olhos parecem dizer quando olha para o espelho, como agora. Do lado direito uma cicatriz feita com muito esforço pelas espinhas de garoto. Muitas. Parece tão velho, tão cansado. Tem medo de morrer de câncer. E sabe que se não for de outra forma, será de câncer. A velhice é um câncer. As células já erraram o caminho, não há mais retorno. Levanta-se um pouco, de modo a ficar com o tórax refletido para si: os pelos do peito também estão brancos. Cada vez menos pelos. Cada vez mais brancos. Começou pelo lado esquerdo, mas agora já estão tomando todo o corpo. Abaixa as calças para ver o que restou: um membro cinza, perdido por entre o passado. Já foi bom nisso. Dava a impressão de que podia ser um ator pornô. E o era. Ao menos pensava que o era. Agora não consegue mais ver o que restou. Os olhos estão cansados e baixos. Quando conheceu um poeta cego, ficou impressionado com sua história. Era jovem e podia ver. Com o passar do tempo foi ficando com a visão suja, turva e escura. Glaucoma. Colocava-se no seu lugar. Como seria não ver o dia, depois de conhecê-lo? Uma coisa é nascer assim, outra é ir ficando cego. Esse amigo o impressionou. Certa vez foram jantar juntos, ele já totalmente ofuscado pela doença, tentava acertar a boca com o garfo cheio de comida. As várias tentativas que fazia o deixavam com a bochecha e os lábios sujos de molho vermelho. E não aceitava ajuda. Era assim mesmo. Orgulho. Sentia-se mal por não poder fazer nada diante dessa cena e com muito medo de ser assim algum dia. Logo depois desse encontro, correu para o oculista de modo a se certificar que estava tudo bem com sua visão. Pediu para colocar óculos, mas ainda não precisava. Hoje esconde o cansaço dos olhos no espelho, sozinho no seu quarto. E, olhando para eles, busca mais lembranças de quando não tinha essas rugas debaixo dos cílios. Brancos. De pé, magro, vê seu pai. Tal como na fotografia que tem colocada no porta-retratos da sala. Uma das únicas que conseguiu guardar quando o perdeu. Nessa imagem, seu pai está carregando um sorriso de cansaço nos olhos. Já tinha sofrido um acidente quando voltava de um show no interior do Paraná, e afundado o osso da face. A cor da pele amarelada lembra-o todos os dias de sua morte. *Essa é para acordar Curitiba!* Dizia pelas manhãs com um copo de cachaça na mão. Afrontava o frio da cidade e também os fantasmas de não ser o que era.

Ou de não ter sido o que queria ser. Morreu de cirrose hepática aos trinta e nove anos. Ele tinha sete. A irmã apenas três. *Eu sou os olhos de meu pai. Risco o vinil. Tênis rainha, cigarro Minister, clube no fim de semana, guitarra elétrica. Eu sou o estômago de meu pai, uma cachaça, pela manhã, para esquentar Curitiba. Eu sou a cirrose de meu pai!*

— O que você entende com essa comparação? Por que se lembra dele quando o vê magro pelo espelho?

— Eu não sei. Nunca sei. Parece que há uma continuação implícita nessa história. Ou mais explícita do que eu gostaria de ver ou saber. Parece que é assim com todo mundo, não é? Você nunca me responde! Tá bem, já sei, eu mesmo tenho que responder e me ouvir. Acho que parece tão óbvio: deve ser a continuação dele. Veja você, ele era músico. Nunca conseguiu nada tocando com sua banda. Parece que eu sinto uma obrigação de ser ele, de continuar de onde parou, mas de chegar aonde não chegou.

– Continuação? Sente mesmo essa obrigação?
– Sinto, sim. Sei que não deveria.
– Por quê?
– Não sei ao certo. Não sei mesmo. Mas parece que é normal ser assim, não é?
– ...
– Me responda, por favor.
– ...
– Ok. Entendi. Não sei se é normal.
– É você quem está falando.
– Meu pai conheceu minha mãe quando tocava em um baile desses do interior. Ela namorou o baixista da banda, mas se casou com meu pai. Ele tocava guitarra. Não deu certo. Morreu muito cedo. O baixista ainda está vivo, é pai de família, tem outra profissão (não sei qual).
– Está dizendo que seu pai não deu certo, então?
– Não exatamente. Ele até que conseguiu algumas proezas: ter se casado com minha mãe foi uma delas. Ela era muito linda nessa época. Ainda é. Mas vejo pelas fotos que tinha um rosto limpo, angelical, cabelos pretos, longos.

Parecia uma mulher muito atraente naquela cidade. Ele era feio, muito magro, músico. Minha vó foi a única que apoiou o namoro, todos os outros achavam que não ia dar certo, eram muito diferentes. Mas fazer o que se ela gostava dele? Queria se casar de véu e grinalda, como manda o figurino. E conseguiu. Já vi várias vezes as fotos do casamento. Pareciam estar tão felizes. Tinha dado certo, sim.

– Mas então por que disse que não deu certo?

– Depois não deu certo. Ele começou a beber, a chegar tarde em casa. Vivia no bar do Tingui quando morávamos em Londrina. Lembro-me de ir com ele sempre. Eu adorava estar lá porque ele me dava um bolachão de mel e um doce azul-claro que não me lembro o nome. Eu ficava comendo esses doces sentado perto do balcão e nem me dava conta de que ele estava bebendo com os amigos, como minha mãe dizia. Quando chegávamos em casa vinha a gritaria. Sempre. Minha mãe vivia dizendo que com os amigos ele era uma pessoa e dentro de casa era outra. Eu acho que sempre soube disso. Via como tratava os amigos e como tratava minha mãe. Mas não me dava conta. Ao menos achava isso.

– E agora? Já se deu conta de algo?

– Penso que sim. Parece que quando bebia se esquecia que era um pai de família. Que tinha dois filhos e uma mulher para cuidar, como todos os pais deveriam fazer. Mas não sei se a culpa era dele.

– Culpa?

– Sim. Quer dizer, não sei. Talvez "culpa" não seja a palavra mais adequada. Não sei qual usar nesse caso. Ele tinha um vício e não conseguia sair dele. Nessa época ele já não tocava mais. Tinha vendido a guitarra vermelha (que eu tanto gostava) pra comprar alguns ferros de passar roupa. Eles trabalhavam em uma lavanderia. Ele e minha mãe. Mas me lembro muito vagamente dessa época. Lembro que ela ainda fazia doces em casa para vender pra fora. Cocada. Acho que era só cocada. Por isso não gosto de coco até hoje.

– Mas por quê?

– Por que ela fazia cocada chorando.

– Vamos deixar aqui.

Minha mãe me perguntou várias vezes se eu queria mesmo ir visitá-lo no hospital. Eu dizia que sim. Não sabia exatamente o que veria ali, quem eu encontraria. Mas queria, sim, ver meu pai. Queria falar com ele. Afinal de contas, já se passaram meses que ele saiu de casa para se tratar e eu tinha saudades dele. Mas não sabia como seria. Na minha cabeça eu encontraria o mesmo pai, alto (e magro) que eu sempre via me carregando no colo e me girando várias vezes pelo ar. Parecia tão forte e tão alto perto de mim. Mas comecei a ficar desconfiado de quem estaria ali, minha mãe não queria mesmo que eu entrasse naquele quarto. Eu tinha 6 anos. Fui mesmo assim. Tenho medo de hospital até hoje. Não gosto nem de passar na frente. Talvez tenha sido nesse dia, quando vi meu pai, o momento que o medo chegou pela primeira vez. Tive muito medo. Ele se escondia debaixo da coberta apenas com a cabeça para fora, um canudo saindo pelo nariz e estava com os olhos fechados. Fiquei em silêncio o tempo todo. Parado diante dessa imagem. Minha mãe tentava esconder as lágrimas, mas eu vi que ela chorava. E estava muito triste. Acho que ela o amava, sim, apesar de tudo. Sabia que ele não tinha culpa. Não conseguiu se livrar da bebida a tempo. Fiquei parado ali por alguns minutos, e no instante em que eu estava me virando para ir embora, ele abriu os olhos e tentou falar alguma coisa. Mas apenas tossiu. Tossiu tanto que chegou a sair sangue pela boca. Parecia que estava vomitando algum pedaço de carne. Eu não deveria estar ali. Colocaram um lenço nos lábios dele e o limparam. Só deu tempo de ouvi-lo pedindo desculpas. Desculpas para mim? Para minha mãe? Para ele mesmo? Pediu desculpas e continuou deitado, tossindo. Fechei os olhos e saí do quarto arrastado pelos braços de minha mãe. Nunca mais o vi.

Ele tem dificuldades em parar de olhar para o espelho. Sabe que precisa urinar, mas a imagem com os cabelos brancos o persegue e o prende ali. Parece que ficará para sempre preso naquela posição. Mas não é nenhum Dorian Gray para ter a mesma imagem congelada no tempo. *Há de se esfriar o coração.* Essa frase ressoa novamente como se escrita com marcas de batom no canto do reflexo. Deixa-se envolver com a besteira que pensou por alguns minutos e vai em direção ao vaso sanitário. Olha para seu sexo sem vida, branco de pelos e se tortura com a vontade de urinar. Olha por muitos minutos a água suja do banheiro e não consegue. Como se tivesse outro homem olhando do seu lado em um banheiro público. Fica com vergonha. Chega a doer sua bexiga por segurar. Mas é vencido pela dor nas pernas. Um longo filete de urina cai. Depois que teve uma pedra no rim, sempre que está prestes a fazer suas necessidades, tem medo que doa. Já faz tanto tempo, mas ainda assim a dor lateja sua lembrança, por isso demora. E, enquanto vê a urina amarela fluindo, pensa também no grito de dor que ouviu certa vez vindo de seu tio. Ele tinha AIDS, e no final doía viver. Uma inflamação o fazia sentir tanta dor que nunca queria ir ao banheiro. Era marinheiro. Quando jovem parecia imortal: quase dois metros de altura, loiro, olhos claros, bonito. Casou-se com a irmã de sua mãe. Mas por pouco tempo. Era companheiro de copo de seu pai. Os dois tiveram o mesmo fim no álcool, porém o tio ainda ficou mais alguns anos apodrecendo o corpo. Longe de sua família, só voltou quando não conseguia mais andar. Eles sempre voltam. Não são como os cachorros que quando sentem que estão morrendo saem de perto do dono para não causar sofrimento. Sabem disso. Os homens não. Eles saem de perto quando têm saúde, mas voltam quando quase não respiram mais. Ao menos tem sido assim em sua vida. E de tanto pensar na dor desse tio e no ritual de voltar para casa, ele já desmaiou tantas vezes diante do vaso sanitário. Na última vez sabe que foi para cama se deitar, mas acordou com a cabeça mergulhada na urina do lado do boxe do banheiro.

– Por que diz que os cachorros se afastam dos donos?

– Você nunca ouviu falar nisso? Já teve cachorro?

– Não vem ao caso.

– Vem sim, se tivesse tido um cachorro, saberia. Eu tive vários. E me lembro de ter visto alguns deles irem embora e nunca mais voltarem. Acho que logo morriam.

— Mas por que fala assim quando lembra de seu tio ou de seu pai.

— Lembro também de meu padrasto. Eu já te disse que tive um?

— Não.

— Pois então, eu tive. E ele foi como um pai pra mim. O pai que eu perdi com sete anos.

— Sua mãe se casou com ele quando você tinha sete anos?

— Não. Bem, na verdade, eles não chegaram a se casar como aconteceu com meu pai. Eles apenas moraram juntos. Isso quando eu tinha dez anos, acho. Ou doze. Não sei ao certo.

— Dez ou doze?

— Não sei. Acho que doze. Então, ele era como um pai mesmo. Foi em uma época muito importante pra mim. Me levava ao clube pra treinar vôlei, futebol. Íamos todos os finais de semana pra piscina. Me levava pra escola, pras festas de quinze anos. Nos dávamos muito bem. Ele me ensinou a dirigir. No interior era muito comum aprender a dirigir muito cedo, eu aprendi com doze anos. Com ele ali do meu lado eu me sentia muito bem. Via que minha mãe também gostava dele. Nessa época ela conseguiu fazer uma faculdade e começou a dar aulas para alunos especiais, com Síndrome de Down. Aliás, ela ainda dá aula na mesma escola já faz uns vinte e tantos anos. Sabia que eu nasci com *fórceps*? Pois é, eu quase que não queria vir. Me tiraram na marra de dentro dela. E agora parece que estou me afastando cada vez mais. Já faz alguns dias que não ligo pra casa. Não falo mais com minha irmã, com meu sobrinho. Não sei exatamente o que está acontecendo. Mas estou deixando de lado as pessoas que mais me amam no mundo. Os amigos já foram. Um por um. O amor parece que nem quer atender mais aos telefonemas. Estou como os cachorros: me afastando. Mas, como meu pai e meu tio, querendo voltar pra pedir ajuda.

– E você tem um compromisso com isso. É sua única chance.

– Eu sei. Mas não vejo como fazer.

– Precisa falar. Sabe, a única forma de entendermos as relações e, quem sabe, nos livrarmos desses pensamentos, é falando. Por isso fale mais do que estava dizendo. O que era mesmo que representava seu padrasto?

– Era como meu pai. Era meu pai. Mas teve o mesmo fim. Acredita? Parece brincadeira de mau gosto, mas a minha mãe (e eu) temos essa sina: de um dia pro outro, quando eu menos esperava, me deparei com meu padrasto fora de si, partindo pra cima de mim, querendo me bater. Sua mão parou muito perto de meu rosto. Eu já estava com os olhos fechados, sentindo a pancada. Ele parou a tempo. Nunca vou me esquecer dos seus olhos: estavam cheios de fúria. Fúria com algo que nem ele sabia ao certo de quê. Tinha bebido. Sim, ele também se tornou alcoólatra. Mais um pra nossa história.

– Nossa?
– Sim, da minha família.
– Certo. Continue.
– Eu saí de casa, pela primeira vez, aos doze anos. Fui morar com minha vó no centro de Londrina. Minha mãe morava com meu padrasto e com minha irmã em um sobrado longe do

meu colégio, e, por isso, achei que poderia ser melhor me mudar. E também porque sentia falta de ter minha vó por perto. Sempre moramos juntos. Ela tinha um pensionato pra estudantes em um casarão no centro da cidade e, desde a época de meu pai, moramos ali nos fundos. E foi assim, inclusive, que minha mãe conheceu meu padrasto, ele era hóspede no pensionato.

– Você saiu de casa pela primeira vez? Quer dizer que saiu outras?

– Sim, muitas vezes.

– Muitas vezes?

– Pois é, acho que sim. Acabei de sair de casa novamente. Eu morava com minha noiva. Saí de casa.

– Foi você quem saiu?

– Sim. Quer dizer, não sei ao certo o que aconteceu. Eu saí, mas não tinha certeza se deveria sair. Quero voltar, mas acho que não posso mais. Nunca estive tão sozinho como agora. Não consigo mais nem por telefone! Preciso me afastar. Preciso dar um fim a isso.

– A isso? O que é isso?

– Não sei. Preciso terminar algo que comecei e não teve fim. Aliás, como tudo em minha vida parece que nunca tem fim, eu apenas sobreponho situações. Continuo as situações.

– Você é a cirrose de seu pai? Certo. Vamos deixar por aqui.

Quando entrei em casa, percebi que algo não estava certo. Minha mãe chorando mais uma vez. Me fez lembrar de meu pai. Minha irmã estava trancada no quarto, em silêncio. Ele estava gritando, como se estivesse fora de si. E de fato estava. Não o reconheci. Veio em minha direção com os braços levantados como querendo me pegar. Parou a poucos centímetros de meu rosto. Senti o calor de sua pele. Mas não chegou a encostar. Bufava. Não sei exatamente por quê. Mas estava bêbado. Foi a penúltima vez que o vi. Quando saiu da casa, sentei-me no canto da cama e comecei a chorar. Não sei exatamente se de tristeza, raiva ou rancor. Mais uma vez estava vendo aquilo acontecer. Era meu pai ali, bêbado, gritando com minha mãe. Eu já sabia que estava tendo esse problema. Talvez essa tenha sido a verdadeira razão de eu ter saído de casa aos doze anos. Uma semana antes de sair, eu o vi acordar à noite e, sem controle algum, ir urinar no guarda-roupa, achando que estava no banheiro. Abriu a porta do armário e soltou o risco de urina amarela. Lembro-me de ter ouvido minha mãe chorando a noite toda. Não podia mais. Saí de casa pela primeira vez (?).

Mais uma vez o olhar se perde na urina indo pelo vaso abaixo. Não sabe o que pensar exatamente nesses momentos. Algo de impuro indo para o ralo, quase que literalmente. Já se perdeu inúmeras vezes beijando o ralo. Precisa se macular ainda mais. Sabe que há dias não consegue sair da cama, muito menos de casa, por isso, esqueceu-se de tomar banho. Não precisou. Mas agora quer tentar uma reação, nem que seja uma pequena migalha do pão que já está amassado há anos. Ensaia uma recuperação com um sorriso no canto dos lábios, como se apenas um banho fosse o suficiente para olhar acima das cabeças. Pensa em uma letra que escreveu para a banda há alguns anos. "Acima das cabeças, o pensamento". Mais uma canção que ficou para ninguém ouvir, deitada no porão da casa de praia que nunca teve. Mais de cem músicas e ainda é como se fosse um compositor inédito. Um compositor que não existe, a não ser para sua mãe. Essa sim, tudo que faz bate palmas, chora de emoção. Mas a verdade é que tem plateia única. Nessas horas pensa como seria bom se pudesse levantar a cabeça, sair da toca, ligar para ela e dizer que tem músicas novas. Não consegue discar o número. Deve ter esquecido. Há tempo que não fala com ninguém. Afastado de tudo e de todos. Pensa que assim se pode morrer sem dar trabalho aos amigos. Fica como todos ficam: na memória, sem ao menos escrever seu nome num pedaço de papel da padaria. Ele abre o chuveiro demoradamente e deixa a água se preparar para limpar seu corpo. Acredita mesmo que possa ter uns minutos de lucidez dentro do boxe. Rancor por estar assim. Mas a culpa é só dele. De mais ninguém. Por isso está fechado nesse apartamento sem comunicação com o mundo. Há dias. Já escreveu alguns ensaios de carta para todos. Queria deixar uma mensagem de tranquilidade, que ninguém fique se achando o culpado por ter ido. Porém, não conseguiu. Tentou quatro vezes. Gás, remédios, lençol e janela. Não pôde. Rasgou as cartas. Reescreveu-as. Rasgou novamente. Sente saudades da morena, de sua casa. Sente saudades do cabelo, da pele. Sente saudades dos lábios de Manaus. Sente saudades de sua felicidade. Escuta as divertidas conversas lá no fundo, distante. Salvador, Manaus, Londrina, São Paulo, Rio de Janeiro, Lisboa, Munique, Porto, Paris. Ah, Paris foi uma festa. Ano novo com ela pelas ruas da cidade luz. Champs-Élysées. Nenhuma saudade é maior que essa. Ou a do seu pai. De sua tia. De seu padrasto. De sua vó. São muitas em apenas uma. Saudade. Deixa a água cair. Pega o sabonete e passa tranquilamente pelos mamilos secos e brancos. Debaixo dos braços caídos e cansados, pela perna e pelo sexo murcho. Branco novamente. No mês passado esteve quarenta e duas vezes sentado na frente de sua analista, afundado na poltrona bege clara que ela tem no consultório. Conhece cada canto daquela sala, cada risco na parede. Conhece os gestos dela.

Pede socorro com as palavras, cada vez mais difíceis de serem ditas. Sua única chance. Ela o salvou das quatro vezes que tentou se matar. Ligou para ela ir ao seu encontro. Tem pavor de hospital. Lembra-se do pai. Ainda tem um pouco de xampu do mês passado. Passa pelos cabelos pintados de branco. Dizem que a preocupação os deixaram assim. Não se sabe. O que se tem é que no último mês, quando saiu de casa e não pôde nem ligar para ela, os cabelos escuros sumiram, um a um. A pele também se retraiu. Ficou estado pedra. Vive um poema de Manoel de Barros na própria carne. Vira árvore sem flores. Podre por dentro. Rancor talvez. Tristeza. Ninguém morre de amor. Definha-se sem ele, isso sim. A cor da água lembra o deserto do Atacama, quando esteve com seu primo, a namorada dele e um amigo. Era começo de namoro com a garota de Manaus que gostava de Chico Buarque. Estavam tão apaixonados que ela largou tudo e foi encontrá-lo na Argentina, antes de visitar os pais no norte (e antes dele partir para o Chile). Ficaram cinco dias juntos. Era ano novo. Tudo para dar certo. Tinha a voz mais linda que conhecia. Gravou suas músicas. Fervorosa. Mas saiu de casa. Devolveu as chaves da porta e ficou mais uma vez uma sombra. Ficou árvore. Acabou o condicionador. Continua debaixo d'água, deixando escorrer o que ficou para trás. Tinha que voltar ao consultório de sua analista para dizer que poderia levantar a cabeça. Mas tinha medo de não conseguir atravessar a rua. Tinha muito movimento e era dia de jogo. Mora ao lado do estádio. Talvez uma desculpa para voltar a se cobrir no fundo da cama, apagar as luzes e deixar os olhos fechados. Onde estaria ela agora? Fazendo o quê? E com quem? Essas imagens o atormentavam diariamente. Minuto a minuto. O telefone dela sempre desligado. Deve ter trocado o número, não quer mais ouvir seu nome. Dorme com alguém de fora. No desespero de ver o que não se sabe, desliga o chuveiro rompendo com o fluxo de pensamento e corre para a sala deixando o rastro de água pelo quarto. Liga sessenta e quatro vezes para o número que sabe de memória. Ninguém do outro lado. Há dias que não se sabe de sua voz. Ela quis se casar. Duas vezes.

Ele saiu de casa: duas vezes. Mas a ama mais do que a ele mesmo. Ninguém morre de amor, por isso sabe que há de se esfriar o coração. Larga o telefone pelo sofá e, ainda sentindo o coração na boca, vê a fotografia de seu pai do lado da televisão. Único porta-retratos da casa. Como se fosse ele mesmo ali, de pé no quintal do pensionato de sua vó, em 1978. Tinha apenas um ano nessa data, mas já se parecia com seu pai. E hoje, quando o vê nessa imagem, tem certeza de que é ele mesmo quem está ali. Morreu tão cedo. Trinta e nove anos. Cirrose hepática, esse foi o diagnóstico que leu anos mais tarde quando voltou a ter curiosidade sobre quem tinha sido o marido de sua mãe. Perguntava para ela como tinha sido. Difícil. Um casamento que começou bem, mas terminou mal. Tinha tudo para dar certo. Amor. Mas deu errado. A culpa não foi dele, era alcoólatra. Lembra-se de outras poucas fotos que tem guardadas em uma caixa de sapato. Pega-a no escritório e encontra a primeira: seu pai entre duas crianças sorrindo. A outra criança era seu melhor amigo, o único. Certa vez, quando ainda queria ser um rock star e andava por uma Curitiba de sonhos, encontrou esse amigo em um shopping. Eles se reconheceram rapidamente quando passaram um pelo outro e imediatamente selaram um abraço demorado. Um abraço de mais de vinte anos. Não falaram nenhuma palavra, apenas se tocaram. E nunca mais se viram. Era o primeiro amigo que se foi e se transformou em poeira. Saudade.

– Você falava sobre dar um fim.
– Sim, eu pensei muito sobre isso ontem. Mas não sei como fazer. Terminar sempre foi muito difícil pra mim. Não sei terminar. Eu sobreponho. Eu continuo. Dias atrás uma amiga me falou uma frase que tem me acompanhado bastante ultimamente. Ela disse que precisou esfriar o coração pra continuar. Acho que o que ela quis dizer é exatamente o que eu não estou conseguindo fazer. Há de se esfriar o coração. Sei disso, mas não sei como. Sinto falta de ar quando penso nela. Quando penso que saí de casa duas vezes e não consegui me casar. Eu a amo, disso tenho certeza.

— Disso eu tenho certeza também. Porque você falou.

— Ela também. Sabe disso. Mas é um amor que não sustentava um casamento que estava por vir. Não por falta de amor. Acho que por exagero de amor. Fui covarde. A culpa é toda minha.

— Culpa? Já tinha falado de culpa antes. Por quê?

— Sinto culpa. Quero ligar pra ela e dizer isso todos os dias. Quero que saiba o que sinto. Quero que me queira novamente. Sem culpa. Mas não consigo. Meu pai voltou pra casa algumas vezes, mas no final da vida não conseguia sair do quarto do hospital. Tenho medo de ficar deitado em uma cama como ele. Tenho medo de morrer de câncer. Acho que já disse isso, não é? Sempre digo isso. Tenho certeza de que vou morrer de câncer, se não tirar a própria vida.

— De certa maneira, como você está me falando a cada dia, parece que é exatamente o que está fazendo. Você não come, não dorme, fica com falta de ar o tempo todo. Me parece que já está tirando a própria vida.

– É o que ela me diz quando (raramente) atende ao telefone. Preciso encontrar minha vida antes de vê-la. Mas pra isso é preciso um fim. Já te falei que meu padrasto morreu da mesma doença que meu pai? Minha mãe encontrou o fim às duras penas, e duas vezes da mesma forma. Me lembro como se fosse hoje, eu estava voltando para o colégio pra dar as aulas da tarde e minha mãe me ligou dizendo que meu padrasto tinha morrido. Na verdade, a sensação era muito estranha, porque eu já não o via há uns quatro anos. Pra mim tinha ficado na poeira. Na lembrança. Mas quando ela me disse que morreu, logo me dei conta de que ele ainda estava perto dela, mas não conseguia voltar. Estava morando na rua. De verdade, na rua. Eu o vi.

– Você o viu na rua?

– Sim, ele estava sentado na calçada com a cabeça baixa, sujo, magro, mas perdido nos mesmos olhos de sempre, na mesma barba de sempre. Não me reconheceu. Ou se me viu, sentiu vergonha de olhar pra mim ao mesmo tempo. Não sei ao certo. Eu fiquei com muito medo. Passei por ele chorando de desespero. Pensei no meu pai, deitado na cama do hospital, quando eu tinha seis anos. Era a mesma imagem. Como fossem dois cachorros que, sabendo que estão pra morrer, se afastam de casa para ninguém vê-los.

– Dois cachorros?

– As imagens se misturam. Me lembro que os dois fumavam, mas não sei qual era a marca do cigarro de cada um. Acho que era Minister. Meu padrasto usava um tênis da Rainha, branco e meu pai sapatos velhos, grandes.

– Os dois se confundem?

– Sim. Inclusive tenho uma foto com meu padrasto muito parecida com a que eu tenho de meu pai. Os dois me levantam no ar e, quando estão me girando, alguém guarda essa imagem. Não sei mais qual é qual. Faz tempo que não vejo essas fotos. Sei que tinha alguns amigos por perto, nas duas fotos. Eles se foram também. Viraram poeira. Tenho saudades, sabe? Acho que isso nunca termina. E nem tudo precisa terminar. Mas se eu não souber o que fazer com isso, fico sem rumo. E é o que está acontecendo exatamente nesse momento. Preciso saber finalizar as coisas. Ela diz que se nos afastarmos agora, quem sabe do futuro?

– Pensa sobre isso?

– Não consigo imaginar nenhum futuro. Sei do agora. E agora está difícil pra mim. Não consigo mais. Estou tão cansado.

– É claro. Você não dorme, não come. Precisa se alimentar. A depressão só aumenta se você não comer nas horas certas.

– Mas não sinto fome. Emagreci nove quilos. Estou ainda mais parecido com meu pai. Sabe que ultimamente tenho me achado tão parecido com ele.

– Vamos deixar por aqui hoje. Pense no que disse. Você escutou alguma coisa de importante?

– Sim, acho que sim. Ainda escuto que preciso parar.

– Isso mesmo. Você precisa parar. Pelo menos é o que tem dito e eu acredito em você.

– Me ajude.

Eu passava distraído pela padaria. Fui comprar pão, mas me esqueci do caminho. Fazia tempo que não voltava a Londrina. Nunca morei nesse bairro para onde minha mãe se mudou depois que meu padrasto saiu de casa pela última vez. Eu já estava com minha vó e já tinha me mudado para Curitiba. Mas os caminhos me chegaram com facilidade. Andava de cabeça baixa pensando sobre o livro que estava lendo e quase não percebi um homem sentado no canto da calçada. Quase tropecei nele. Quando olhei para pedir desculpas, o reconheci. Eram os mesmos olhos de antes. A mesma barba. A mesma cor de pele, mas envelhecida. Tristes olhos azuis. A barba já toda branca. E fedia. Um cheiro insuportável de urina e fezes. Quase não acreditei. Devo ter ficado parado por alguns segundos diante daquela pessoa, mas pareceram anos. Quase dez anos, desde o dia em que fiquei na janela do pensionato da minha vó (onde todos morávamos) chorando para minha mãe não sair com ele. Besteira de criança. Era muito importante que minha mãe encontrasse alguém. Todos precisam um do outro. Mas só percebi isso anos mais tarde. Ele já estava sendo um pai para mim.

Vi quando ficava cuidando para eu atravessar a rua até entrar no colégio, me levando pro treino de vôlei no clube, indo me buscar nas festinhas da minha turma. Vi quando me ensinava soltar a embreagem lentamente e acelerar devagar até sentir o carro saindo do lugar. Tudo na lembrança naqueles segundos em que o vi. Mas não estava mais lá. Era um mendigo, bêbado, caído na sarjeta esperando a sua hora. Meu padrasto tinha ficado naquele estado. Era alcoólatra. Tive vontade de vomitar e saí correndo chorando até a esquina. Parei por alguns minutos até enxugar a última gota. Não queria que minha mãe visse, porque teria que dizer a verdade. Ele estava ali, mãe, caído no canto da rua, moribundo. Acho que não me viu, não me reconheceu. O que aconteceu para chegar a isso? Por que saiu de casa? Tinha tudo para dar certo. Mas não deu. Novamente. Ainda demorou alguns anos para morrer. Por onde teria andado se naquele dia já estava daquele jeito? Ficou pior provavelmente. Será que foi preso? Como comia? Devia pedir dinheiro para as pessoas no sinaleiro, algum tipo de ajuda. Mas ajudar a um homem que tinha trabalho, família, dignidade e deixou escapar pelos vãos dos dedos? Depois disso nunca mais passei em branco por um mendigo. Não se sabe a história de cada um, como chegou a ser um farrapo humano com os pés descalços, unhas sujas. Aquele tinha sido meu padrasto, marido de minha mãe, me ajudou por toda a adolescência. Gostava muito dele. Assim como amava meu pai.

Ainda na sala, ele pensa que isso tem que ter um fim. Sempre pensa sobre isso. Senta-se na poltrona que foi dela e por ali fica pensando na vida apagada que está tendo agora. Tem vontade de fazer mais algumas ligações, mas para quê, se ninguém o atende. Ligam para saber o que houve, mas nunca fala. Sempre atende ao telefone esperando ser ela, mas logo muda o tom da voz para parecer bem. Essa é uma técnica que aprendeu no dia em que acordou atrasado para a primeira aula que tinha para dar. A coordenadora da escola ligou perguntando porque ainda não havia chegado e, para não parecer que tinha perdido a hora, fingiu uma voz acordada dizendo que teve um problema com o portão elétrico do prédio, mas que já estava indo pegar um táxi. Mentira. Fazia isso também quando morava com sua vó: pedia para ela ligar para onde tinha que estar dizendo-se doente ou que tinha perdido a voz. Era sua companheira de todos os momentos. Ele sempre morou com sua vó. Mesmo depois de ter saído de casa, ficava com ela. Olhou para o canto do sofá onde ela costumava se sentar para assistir ao programa do Silvio Santos todos os domingos. Ficava acordada até o apresentador falar as dezenas semanais da Telesena. Nunca ganhou nada, mas jogava todos os meses com cartelas novas. Esperança de poder ganhar um dinheirinho a mais a fim de comprar um carro para seu neto acompanhá-la ao supermercado. Mas isso nunca aconteceu. Ele só conseguiu comprar o primeiro automóvel quando ela já tinha morrido, e estava dando mais aulas. Nunca pôde levá-la ao supermercado. Mas sempre que ia fazer compras lembrava-se dela. Impossível esquecer. A primeira vez que foi com o carro para o Mercadorama, chorou o caminho inteiro com saudades, lamentando-se não poder ter feito isso quando ainda estavam juntos. Ela morreu com oitenta e quatro anos, lúcida, feliz com a vida de poder ajudar aos dois netos. Foi em uma mesa de cirurgia no Hospital de Fraturas do Alto da XV. Seu primo e ele foram levá-la para a quarta cirurgia no fêmur que não tinha mais. Usava uma prótese e, em uma queda no meio da sala, a peça saiu do lugar. Foi um ano de dor, quase sem poder andar, até o dia da cirurgia. Mas não se sentia sozinho. Sua vó, mesmo com dificuldades e muita dor, estava lá do seu lado, todos os dias. Tinha uma garota de quem se separou depois de quatro anos. Foi na mesma semana da morte de sua vó. Perdeu o emprego, a namorada e a vó. Estava com a passagem de volta para casa comprada quando recebeu o telefonema de uma escola pedindo para ir urgente fazer uma entrevista. Receberia quatro vezes a mais do que o antigo emprego e com isso poderia continuar em Curitiba. Aceitou com muito orgulho as aulas que tinham para ele. Foi uma troca. Ficou com os móveis, mas saiu daquela casa onde morou com sua vó, trocou a saudade que não o deixava fazer nada por uma saudade guardada no coração. E foi trabalhar. Morava sozinho em um pequeno apartamento na Silva Jardim quando conheceu a moça de Manaus que gostava de Chico Buarque. Continuou apoiado por alguém que o ajudava sempre, em todos os momentos. Mas foi-se o tempo em que ela ligava para ele de minuto em minuto, apenas para dizer que estava com saudades. Isso porque tinham passado o dia juntos e sentia falta quando estava sozinha em casa. Hoje ele não consegue ser atendido nem depois da sexagésima quarta vez. Não quer mais saber de sua voz. De seu nome. Rancor por ter saído de casa por duas vezes? Isso porque ela só queria uma família com ele, filhos, casamento. Tinha tudo para dar certo. Os dois se amaram muito. Mas não deu. Sua vó nem teve tempo de conhecê-la, ficou apenas nas fotos e nas histórias que ele contava para ela. Seu sobrinho tinha um ano quando a vó morreu. Ela o pegou no colo apenas uma vez, em Cornélio Procópio, onde ficou alguns meses esperando o dia da cirurgia. Ele continuava inerte naquela poltrona que tinha ficado da antiga casa, olhando para o sofá onde estava a marca do corpo de sua vó, de tantos domingos e de tantas novelas assistidas ali. Chegava a hora que fosse, e lá ia ela fazer comida para seu neto. Mesmo com dor. Queria apenas agradar, fazer o que achava ser sua última e mais importante obrigação: cuidar dos dois netos. O primo perdeu a mãe em um acidente. Foi a pior perda para todos. Sua tia era seu exemplo. Era sua vida. Ele respirava o encontro sempre por vir com ela, em todas as férias, em todos os feriados. Ia no colo dela para a Televisão, onde trabalhava. Ficava sentado na escada esperando o jornal terminar para depois irem jantar, passear, conversar sobre tudo. Ouvir música. Mal via a hora de correr para os braços dela quando chegava na rodoviária de Curitiba. Eram as mulheres de sua vida. Cada uma guardada em um canto do coração. Saudade. Quase todas já se foram: a vó, a namorada, a tia. Sua mãe se abraça nas três para estar do seu lado, mas nesses últimos dias, ele mal consegue se levantar da cama. Nunca mais ligou para ela. Está se afastando da irmã, do sobrinho, da família. Saiu de casa duas vezes porque não conseguiu se casar. Duas vezes com a mesma mulher. Dois pais ficaram na pele. Mal consegue se mexer nessa poltrona ainda marcada pelas várias noites de sexo com a garota de Manaus que adorava Chico Buarque. Marcas de vinho tinto ainda escondem os momentos que jogavam tudo para cima e ficavam abraçados, trocando o suor um pelo outro. Tudo naquela casa lembra a morena, sua vó, a tia, o pai. Tudo se esconde atrás de seus olhos cansados e de seus cabelos brancos. No canto de cada parede, um instrumento musical. Cada um celebra um momento em que estava estudando para ser rock star ou um compositor gravado por todos. Há meses que seguram o pó da casa. Tantas canções, mas ainda é inédito. Ninguém sabe dele. Não atendem ao telefone. Ensaia mais ligações para ela. Mas não consegue sair da poltrona. Fecha os olhos para pensar em uma carta que deveria escrever pedindo para voltar. Afinal, ainda a ama. E sabe que o amor é recíproco. Porém, há rancor. Chora ao titubear por um pensamento de culpa. A culpa é toda dele. Não vê diferente. *Há de se esfriar o coração*. Todas as perdas foram substituídas por outras e nunca terminadas. Precisa dar um ponto final em algumas delas. Mas não consegue. Quando percebe, vê que está nu ainda. Saiu do banho há pouco mas não conseguiu colocar as roupas. Precisa se vestir para levantar a cabeça. Sair de casa. Comprar pão.

— Bom dia, tudo bem?
— Bom dia. Não estou bem, não. Precisei voltar agora porque não consigo parar de pensar nela. Não sei onde está, com quem está, o que está fazendo.
— E isso faz diferença? Por que precisa saber?
— Como assim? Eu apenas preciso saber!
— O que acontece?
— Fico angustiado. Tenho medo de ser trocado, de a perder de vez. Sei que saí de casa e não tenho nenhum direito sobre ela. Não tenho direito de cobrar nada, de pedir nada, muito menos de pedir a ela para não ser feliz com outra pessoa. Lógico que a amo, mas a quero comigo.

– ...

– Tá bom. Sei que isso é egoísmo e tudo mais... mas não consigo pensar diferente. Eu a quero perto de mim. Eu a quero dizendo que as minhas músicas são bonitas. Ou feias. Dizendo pra eu cortar o cabelo porque já está ridículo. Comprar uma calça nova. Poder ligar e ser atendido. Perdi o controle.

– Controle? Você nunca falou sobre isso aqui. O que significa perder o controle?

– Pois é isso que está acontecendo. Eu só penso sobre essas bobagens dela estar com outra pessoa, ou estar fazendo coisas que eu não gostaria de ver porque perdi o controle da situação. Eu não sei dela. Eu não sei de mim!

– É verdade. Por isso está aqui. E acredito que você tem, de fato, uma chance de descobrir. Precisa falar mais.

– Eu estou tentando. Estou vindo. Só hoje vim três vezes. Já não sei mais o que fazer.

– ...

– Tentei me matar agora a pouco. Aquela hora que te liguei eu estava com um lençol enrolado no meu pescoço. Uma cena patética!

Precisava ver. Eu chorando, sozinho no quarto, com um lençol enrolado no peito até a cabeça puxado pelas mãos. Te liguei porque ninguém podia ver o que estava acontecendo. Desculpe incomodar. Não gosto disso.

– Eu te dei meu número justamente para que você pudesse fazer isso mesmo: me ligar sempre que preciso. É por isso que estou aqui.

– Te agradeço muito. É a única que me atende.

– Não é verdade. Você tem sua mãe, sua irmã, seu primo e alguns amigos. Eles estão preocupados com você. E sei que ela também está. Você me disse isso várias vezes e eu acredito em você.

– Pois é, mas estou me afastando deles. Não consigo mais esconder que não posso falar com mais ninguém. Eu te contei que fui atrás dela no hospital em que trabalha?

– Não. Quando foi isso?

– Ontem pela manhã. Estava tão angustiado que não sabia mais o que fazer para que ela pudesse me atender. Corri para lá e entrei na sua sala. Sei que não é legal fazer isso, ainda mais quando as pessoas ao redor não sabem de nada. E o pior é que não consegui segurar o choro quando a vi. Uma cena de loucura. Eu parecia a Ofélia. Tenho muita culpa.

– Loucura? Culpa? Qual a relação dessas duas palavras?

– Não sei, acho que de tanto ter essa sensação de culpa (que na verdade é um fato) e ter perdido o controle, eu me desespero em situações que não são normais e com isso só estou me afastando dela, cada dia que passa.

– Um dia após o outro. Pense sobre isso. Você precisa se alimentar. Você me disse isso várias vezes e eu acredito em você.

– E se eu estiver mentindo?

– E você está?

– Não consigo mentir nem pra você. Aliás, você nem é uma interlocutora, não é? Está aí sentada na minha frente pra que eu possa falar comigo mesmo. Entendo. Droga. Sabe que não gosto de incomodar. Estou me sentindo como se invadisse algo. Não consigo mais trabalhar, comer, dormir. Você está certa, eu disse isso mesmo e é a mais pura verdade. Você me salvou novamente. Te agradeço por isso, porque ao menos tenho algo para fazer.

— Vou aceitar os agradecimentos porque você falou que vem aqui para fazer algo.

— Não disse isso. Disse que tinha algo para fazer. Entende a diferença?

— Não, você pode me explicar melhor?

— Boa essa sua estratégia pra me fazer falar. Bem, mas é assim mesmo, não é? Eu disse que quando sei que tenho análise, passo o dia pensando sobre o que falarei aqui, eu me engano com as horas e tenho um objetivo. O único inclusive. Sabe que estou decidido a parar de compor? Não quero mais. Já tenho tantos CDs gravados e ainda estou terminando um novo. Será o último. Por que continuar? Ninguém escuta mesmo. Continuo um célebre desconhecido, um compositor de nenhuma música. É o que mais tem por aí. Então por que continuar fazendo música? Minha tia me deu meu primeiro instrumento, um saxofone que tenho guardado até hoje. Acho que eu tinha uns quinze anos. Engraçado que quando estava com ela e encontrávamos algum conhecido ela me apresentava já dizendo que eu era músico, compositor, tocava sax. Mas eu não sabia ainda nem segurar o instrumento, quanto mais compor! E o mais engraçado de tudo é que meu pai tocava muitos instrumentos, mas não conseguia tocar nenhum de sopro. Minha mãe diz que é porque ele não tinha fôlego, não tinha força. Fumava e bebia demais. Tocava guitarra em uma banda de Cornélio Procópio. Mas teve apenas dois momentos importantes com a música: quando tocaram com o Roberto Carlos num show em Londrina e quando venceram um concurso em Maringá. O prêmio era a gravação de um compacto. Eu tenho esse disquinho. E foi engraçado. Eu sabia que ele existia, mas nunca tinha visto. Sabia o nome da banda (The Bad Boys, pode?) e nada mais. Um dia estava em um sebo procurando por um livro do Dalton Trevisan quando olhei na vitrine um disco que me chamou a atenção, tinha a foto de uma banda parecida com os Beatles. Eles imitavam até nas fotos. Era o disco do meu pai. Eu não acreditei! Falei pro dono do sebo todo entusiasmado e impressionado pela descoberta. Ele ficou tão sensibilizado que me deu o disco. Eu o tenho até hoje. Só não sei bem onde o coloquei.

– ...

– Vou parar de tocar. Já não quero mais. E não vai fazer a menor diferença pra ninguém. Manaus não ficará mais triste. Curitiba nem se lembrará. Esqueça. Finito.

– Então vai dar um fim. É o fim que está falando sempre?

– Pode ser. Mas não sei ainda ao certo. Não pode ser tão simples assim.

– Por que não? Precisa ser complicado sempre?

– Não disse que é complicado.

– Disse sim. Faz dias que tem dito. Eu escutei.

– Talvez tenha dito mesmo. Se você está falando.

– Eu não. Você falou. Eu apenas acredito no que fala. Ouça também. Respeito o que fala.

– Engraçado você falar assim. Um dia desses fui na casa de um amigo levar um CD pra ele (já que tinha feito o encarte) e disse que não estava muito bem (ele tinha percebido só de ver minhas olheiras e como eu tinha emagrecido).

Ele me disse que eu era muito complicado. Por que saí de casa se sabia que queria voltar?

– Vamos deixar por aqui. Respeite o que disse. Suas palavras são importantes para você entender o que está acontecendo.

– Pois é, sei disso.

– Sabe?

Não consigo dar mais espaço no guarda-roupa para ela. Não sei o que acontece. Por que não usa o do outro quarto? Mas também não tem problema, pode usar qual você quiser. O lado da cama tem que ser o oposto à parede, sente frio. É de Manaus. As roupas ficam espalhadas. Isso é ser um casal. Não sabia disso antes? Sabia sim. Mas não tinha pensado muito sobre isso. Eu te quero do meu lado para sempre, mas não consigo realizar isso. Usar um anel no dedo direito dá o indício de que vamos nos casar. O jantar foi lindo. Sua mãe veio do norte para Curitiba junto com sua irmã. Minha mãe estava na cidade. Fizemos uma comida tradicional manauara para comemorar o dia de nosso noivado. Andava com o dedo reluzente de alegria, mas não sabia ao certo o que ia acontecer. Nunca soube. Sempre deixei para depois. Alguém me empurra, por favor, para atravessar o rio porque senão ficarei parado na margem oposta. Sempre foi assim, fui empurrado, e sabia disso. Me deixava ser empurrado. Queria sim me casar com você, mas não sabia ao certo o que significava esse comprometimento. Ou melhor, sabia sim, e por isso tinha medo. Nunca vi dar certo. Também pudera, olha os exemplos que tenho: meu pai tinha tudo para dar certo, não deu. Meu padrasto tinha tudo para dar certo, também não deu. Minha tia se separou para ir morar com outra mulher, meu avô materno eu nem conheci, minha irmã é mãe solteira. Com você é diferente. Muito. Tem uma família grande, bastantes irmãos, sobrinhos, pais que estão casados há quarenta anos. Isso sim é um exemplo de família! Eu te entendo. Sei que quer o mesmo. Mas eu não sou seu pai. Aliás, sei também que não sou meu pai, mas ele está tão presente aqui que tenho dificuldades de separar minha vida da dele. Sou a cirrose de meu pai. Desculpe, meu amor. Sinto tanta culpa por você ter saído daquele jeito de casa. Saiu chorando, passou por mim com os olhos fechados e bateu a porta. Não soube onde dormiu naquela noite. Se soubesse teria morrido de culpa. Ficou no carro a noite inteira? Eu não consegui dormir. Não consegui ir atrás de você, não sabia onde estaria àquela hora. Quando penso nessa situação, tenho vontade de me jogar pela janela. Foram quatro meses de desespero até o dia em que me olhou pela segunda vez com os olhos de ternura. Os mesmo olhos que tinha no dia em que nos conhecemos no Baba Salim falando sobre o Chico Buarque, lembra-se? Eram os mesmos olhos do dia em que fui te buscar naquele hostel na Argentina, quando foi me encontrar para o ano novo. Os mesmos olhos que tinha quando ficamos noivos, quando dormimos juntos pela primeira vez (e tantas outras vezes). Foram quatro meses de angústia até aquele dia frio sentado na pracinha do Juvevê quando nos abraçamos e juramos eterno amor. Juramos uma nova família. Você voltou. Mas eu não soube guardar. Escapou novamente pelos vãos dos meus dedos, como meu pai quando saiu de casa pela última vez, quando meu padrasto bebeu o último gole de cachaça e levantou os braços para me agredir. A segunda vez que saí de casa me dói até hoje. Tanto tempo que não sei mais quando foi, onde foi? O que aconteceu? Lembro-me de seu cheiro, de seu gosto no céu da boca. Salvador, Rio de Janeiro, Londrina, Cornélio Procópio, Manaus, Rio de Janeiro, Lisboa, Munique, Porto, Paris. Ah, Paris foi uma festa, não é mesmo? Onde estão todos?

A fotografia na mão, a poltrona que era dela, o sofá de sua vó. Tudo nessa casa o faz lembrar das pessoas que já se foram. Das suas pessoas, de quem ainda é e será. Mas é preciso sair. Fazer alguma coisa. *Há de se esfriar o coração*. Ele deita a imagem de seu pai o levantando em giros e impulsiona o corpo com as mãos contra os braços da poltrona. Levanta-se trêmulo de tristeza. Volta os olhos para a caixa de sapato com mais fotos e encontra o disco com a foto dos garotos imitando os Beatles: era seu pai tocando guitarra. Do outro lado, o violão coberto de pó. Será que tem mesmo a obrigação da continuidade? É preciso dar conta do que seu pai não foi? Ele não conseguiu.

Os dois não conseguiram. Cirrose tem cura? Nunca bebeu. Prefere coca-cola a uma cerveja com os amigos. Mesmo quando tocava com a banda, os cavaleiros do apocalipse bebiam leite achocolatado do lado de outras bandas cheirando cocaína. Era careta. Fazia isso porque sabia da história de sua mãe, da sua própria história. Nunca foi natural. Chegava a ser irritante a ojeriza que tinha de álcool (e ainda tem). Mas a conheceu em um bar, quando ela estava bebendo cerveja (e ele coca-cola light) e falando sobre o Chico Buarque. O amor esconde certas coisas que só aparecem com o tempo. Mas ela o respeitou todos esses anos. Abriu mão de tanta coisa para ficar com ele. Abriu mão de sair para dançar, de beber com os amigos, de fazer festas. Todas elas abriram mão. Mas por isso ele as perdeu. Perdeu mais uma vez. Fica angustiado olhando para o violão parado ali, como que pedindo por socorro, sufocado pelo nó do dia. Falta abrir as cortinas para deixar o sol entrar. As plantas espalhadas pela sala já morreram e os quadros estão tortos na parede. Cada um lembra uma história junto a ela. Do lado do violão, Heitor dos Prazeres. Compraram esse quadro em São Paulo, do lado do MASP, em uma feirinha de antiguidades. Uma moça com um longo vestido vermelho roda ao som de um samba sobre a partitura escrita à mão por Noel Rosa. Era ela quando usava uma saia rodada e dançava. Morena de Manaus. Morena de seu coração. Um retrato do outro lado o leva de volta a Curitiba. Tinha dessas, achava que podia pintar com algumas pinceladas. Ele a pintou com um semblante morno, mas com muito brilho ao redor. A claridade do rosto deixa por esconder algumas faíscas de tristeza que devia ter. Sentada por horas até se parecer um pouco com uma fotografia. Do lado desse retrato, o filho eterno de Cristovão Tezza em mais um de seus desenhos mirabolantes: um tanque de guerra voando sobre as cabeças das pessoas. Compraram das mãos do próprio artista, feliz no lançamento de sua exposição. A lavadeira da Hanemann de Campos com seu lenço sobre a cabeça escondendo-se do sol. Esse foi paixão fulminante. Ela o viu na galeria Solar do Rosário e não saiu de perto nem para almoçar. Levaram o quadro para casa. Um pouco mais acima, um Rubinski (outro que não podia andar sossegado por Curitiba que ela já estava querendo conversar). Quadros de todos os tamanhos, saudades e lembranças. Agora tortos na parede, acumulando o pó que cai de vez em quando por sobre os instrumentos. Sabe que precisa se vestir para continuar. Sair de casa. Dar um fim a essa situação de pensamentos sem sorte. Tentou se matar quatro vezes. E ainda teme que venha o fim de semana. Isso porque durante a semana imagina que ela está trabalhando. E muito. Não tem tempo para encontros festivos ou um cafezinho com amigos. Precisa acordar cedo para chegar ao hospital e bater o ponto, ficar o dia todo atendendo doentes terminais, portadores do vírus da AIDS. Um trabalho que visto de longe soa muito triste e difícil. Mas ela o vê como uma obrigação quase que cristã. Estar ali todos os dias pode deixá-la em contato com a vida, diferente do que parece. Porém, quando chega o fim de semana, nem o hospital, nem o consultório. Então onde estará? Essa dúvida o deixa temeroso, o deixa sem ar. Angústia que pode levá-lo às tentativas de tirar a própria vida. Passou algum tempo na internet pesquisando sobre casos semelhantes com o seu para tentar chegar a alguma conclusão visceral, porém não encontrou nenhuma possibilidade plausível. Viu em uma peça de teatro do século XIX que muitos se matavam aplicando morfina nas veias. Uma quantidade suficiente para que a pessoa durma para sempre. Mas não tinha a menor ideia de como conseguir essa ampola. Sabia da vizinha médica, anestesiologista, mas o que pensaria? Impossível, concluiu. Fins de semana precisavam passar mais rápido nesse contexto de sua vida. Lembra-se de quando era estudante em Londrina, não via a hora de chegar sexta-feira. Era o melhor momento da semana, sabia que no dia seguinte poderia fazer qualquer coisa, menos ir para a aula. Não precisava. Hoje amaldiçoa o dia de feriado quando não pode ir trabalhar. Fica apenas chegando às conclusões mais absurdas e, provavelmente, descabidas. Mas descabidas apenas para quem está do lado de fora dessa história. Para ele é diferente. São conclusões verdadeiras, principalmente quando ela não atende ao telefone. E isso tem acontecido todos os finais de semana, todos os dias. Pensa em telefonar mais uma vez, depois das sessenta e quatro ligações não atendidas. Por alguns segundos olha para o telefone, mas não consegue tirá-lo do gancho. Seria muito abuso. Ela não quer ouvir mais falar de seu nome, de sua cor. Esfrega as mãos pesadas em seu rosto e volta para o quarto. Procura uma cueca que possa usar depois de alguns dias sem trocar a antiga. Não encontra nenhuma limpa. Vai ao cesto de roupas sujas e pega uma qualquer do fundo, sacode-a rapidamente e a veste. Olha para a janela da área de serviço aberta e vê três calcinhas de sua vizinha da frente. São pequenas, coloridas. Por alguns minutos sente vontade de tocar seu pênis, mas logo se recorda do branco que o envolve e sabe que de nada adiantará. Não terá prazer algum. Sente-se envergonhado. Fecha a janela e volta para o quarto. Fazia alguns meses que dormiu pela última vez com ela. Abraçava-a sem saber se estaria naquela cama novamente. Não podia imaginar que ela seria de outro em algum momento e que ele abraçaria uma pele diferente. Foram dez anos, desde o dia em que entendeu que Manaus era mais perto do que imaginava e que lá não havia apenas a floresta amazônica. Conversaram sobre o Chico Buarque. Ficaram apaixonados naquele bar árabe. As costas doem, de tanto se curvar de angústia. Nunca mais se curvou para tocar violão. Nunca mais ouviu outra canção. Apenas o silêncio e alarido de muitas vozes em sua cabeça. Os livros estão fechados e jogados na estante. As aulas de literatura foram todas entregues aos alunos, agora está vazio de poesia. Quer ligar para ela, cantar a mesma música que ouviram quando estavam em Buenos Aires. Louco, louco como um acrobata demente, quer saltar pela janela. Mas tem medo de altura. Escolhe uma calça entre nenhuma e veste a primeira camiseta que encontra pela frente. O tênis rasgado era charme. Agora se parece com sua alma. Os dedos têm dificuldade de amarrar o cadarço. Fica assim mesmo. Desamarrado. Não consegue dar um ponto final nessa história. Precisa reaprender a dar nó.

– Minha tia morreu em um acidente de carro. Foi um baque muito grande pra minha família. A estrutura da família, a pessoa que sustentava o sobrenome de todos. Ela saiu de casa muito cedo, com quinze anos. Foi embora de Cornélio Procópio pra estudar em Londrina. E saiu fugida da minha vó. Lógico que com essa idade ela não ia deixar, mas foi mesmo assim. Acho que nunca aguentou ficar muito tempo no mesmo lugar. Queria sempre o movimento contínuo. Ir de um lugar pro outro sem se despedir. E foi assim também que morreu, sem se despedir. De uma hora pra outra ela não estava mais em nenhum lugar. Virou estrela, sabe como se diz para uma criança quando alguém muito querido morre? Encantou. Estava trabalhando na campanha de governo pro Álvaro Dias e no último dia de trabalho, quando voltava pra Curitiba, um caminhão desses pequenos bateu de frente com o carro em que ela estava. Morreu ali mesmo, no meio do caminho. Sem ao menos chegar próximo do destino. Ela nunca chegava. Ninguém chegou a lugar nenhum: meu pai, meu padrasto, minha tia, minha vó.

Todos ficaram no meio do caminho. Minha vó não conseguiu voltar pra casa depois da cirurgia, meu pai faleceu no hospital, meu padrasto no meio da rua e minha tia ficou pela estrada. Por que mesmo eu tenho que chegar a algum lugar? Isso não é justo. Será que ela não entende que esse deve ser meu problema? Eu saí de casa duas vezes! Não consegui me casar. Era noivo.

– O que essa história toda tem a ver com você?

– Mas é isso que estou tentando saber! Ainda não sei de nada. Só sei que acordei desesperado de saudade de todos. Dormi apenas no começo da manhã, passei a noite vendo estrelas. Tentando ligar pra ela. Mas não fui atendido. Por favor, pode me ajudar? Será que não seria importante você falar com ela?

– Preciso pensar.

– Mas ela não te procurou um dia desses?

– Sim. E se eu falar com ela, vai ser só porque ela me procurou. Outro motivo eu não teria e nem poderia.

– Pois então, fale com ela, por favor!

– Vou pensar sobre isso. Mas continue, estava falando de sua tia.

– Eu sou minha tia. Barroca, contínua. Lembro que no mesmo dia conseguia sair de uma tristeza que mal cabia nela para uma felicidade tão efusiva que me impressionava. Ouvia rock e MPB com a mesma desenvoltura. Gostava de homens e mulheres ao mesmo tempo. Me contava tudo, queria sempre deixar claro que ela era daquele jeito e que era a forma que aprendeu a viver. Éramos muito amigos. Morreu aos trinta e seis anos. Muito cedo. Acho que por isso tenho a sensação de que não passo dos trinta e quatro, aliás, esse é o último ano.

– Barroco?

– Sou barroco. Claro e escuro, rock e MPB. Alegre e triste. Não sei exatamente se isso é ser barroco mesmo, talvez a melhor palavra seja "contraditório". Na mesma hora em que não quero mais viver, se ela me liga, volto a respirar como uma criança começando a vida. Por isso acho que pode me ajudar, é muito importante que ela atenda aos telefonemas, ao menos pra dizer que está tudo bem. Não sei mais o que poderia fazer. Mas acho que isso seria fundamental. Não consigo comer, dormir, pensar em outra coisa. Parei de tocar, de dar aulas, de pintar. Nada mais me basta. E se ao menos minha tia estivesse do meu lado. Minha vó. Alguém com quem eu pudesse estar.

– Mas você tem amigos. Tem sua mãe. Pode ligar para eles.

– Não posso. Não consigo.

– Você não pode ficar mais um final de semana sozinho. Você me disse que é quando se desespera mais. E eu acredito no que diz. Respeite suas palavras.

– Vou tentar ligar pra algum amigo.

– Não. Você não vai tentar, vai ligar mesmo. Eu tenho um compromisso com você. E você tem um compromisso com suas palavras. Você vai ligar daqui do consultório para alguém, combinar algo para o fim de semana, passar seu tempo. Um dia após o outro.

– Não gosto de incomodar ninguém, não posso. Desculpe.

– Ligue para alguém.

– ...

– ...

– Tudo bem. Vou ver se alguém quer ir jantar comigo.

— Enquanto isso, procure ouvir o que me disse. Pense sobre o que ser barroco significa para você. Escute o que falou sobre todos que já morreram na sua família. Ficaram pelo caminho, é isso mesmo que disse?

— Sim. Inclusive eu estou também ficando pelo meio do caminho.

— ...

— Só mais uma coisa, antes de eu ir.

— Sim. Diga.

— Ontem estive em um parapsicólogo. Acredita?

— ...

— Nem eu. Nunca imaginei que pudesse ir a um lugar assim. Mas acho que foi importante. Ao menos tirei algumas conclusões sérias. Acho que tanto lá, quanto aqui e também sobre o que as pessoas falam de mim, chego à mesma conclusão: complico tudo e sei que deveria dar um fim a isso. Só não sei como.

— Vamos deixar por aqui.

Estou com aquele frio na barriga. Não sei o que vou encontrar lá, mas preciso ir. Ver com meus próprios olhos. Sinto que tudo pode contribuir para acabar com essa angústia. Agora entendo as pessoas que quando estão doentes saem à procura de um curandeiro, de uma cartomante, de um padre, o que quer que seja. Algo que possa tirar o câncer de dentro do corpo e jogá-lo fora. Eu estou com câncer. Não é no corpo. Mas no pensamento. Algo deu errado no meio do caminho. E tinha tudo para dar certo. Mas não deu. Subir essas escadas me faz sentir entregue à vida. Qualquer um pode fazer o que quiser comigo que não terei forças para impedir. O som da campainha me abraça e não me deixa desistir, voltar pela escada abaixo, entrar no carro e ficar debaixo da cama como tem sido. Nem percebi. Quando vi estava deitado em uma cama, com um lenço sobre meus olhos e um homem dizendo que minha energia estava espalhada, saindo do meu corpo em forma difusa. É preciso ajustar os pontos, os xacras. Senti a pressão de seus dedos em meu peito. Parecia que ia me afundar nessa cama, quebrar o tórax. A dor estava insuportável, mas não tinha ânimo para gritar ou pedir para tirar as mãos de mim. Logo senti outros pontos de meu corpo pressionados. A dor do peito já não existia mais e, conforme seus gestos se aproximavam de outros lugares, algumas imagens coloridas apareciam pelos olhos: vermelho, alaranjado, amarelo, verde, azul-claro, azul-escuro e roxo. Sete cores. Ouvia no fundo uma canção. Via o rosto dela, a pele de cupuaçu passando por mim, sua voz sussurrando. Tinha tudo para dar certo, mas não deu. Em alguns momentos eu voltava ao silêncio e só a voz do homem me dizia que eu tinha que olhar para mim. Parecia um mantra. Algo que foi me seduzindo aos poucos a ponto de notar que meu corpo não existia mais. Formigavam as mãos, o couro cabeludo. Os dedos dos pés mexiam-se freneticamente e as cores foram me abraçando aos poucos, uma por uma. Sentado em um sofá azul, de frente pro espelho, gritando que eu existia, que eu era alguém passando por uma trilha que me levaria ao outro lado do rio. Alguém estendeu uma corda para me ajudar a atravessar, e quando cheguei na outra margem, olhei para trás soltando gargalhadas. Comecei a chorar como uma criança quando perde a mãe no centro da cidade. Carros e pessoas para todos os lados, buzina, vozes, copos quebrados. Corri para debaixo da marquise e me deparei com pessoas conhecidas. Estavam todos ali com os braços abertos me esperando. Pensei no último abraço que dei nela, antes de sair de casa. Foi um abraço pedindo para eu não ir. A culpa é toda minha, fiquei no meio do caminho. Um caminhão bateu de frente com o carro, corri para perto do corpo estendido no chão, pedia para ligar pro filho dela. No hospital ele não conseguia dizer nenhuma palavra, afogava-se em tosses vermelhas. Um homem sentado no meio-fio fedia. A senhora tinha um ar de descanso na cama depois da cirurgia. Estou no meio do caminho. Por que saí de casa? Era tão linda, tinha os cabelos ondulantes, a cor da pele diferente de todas que tinha visto, um cheiro de cupuaçu que me deixou ausente. Falávamos sobre o Chico Buarque.

Já não se lembra mais quanto tempo faz que não a vê. Semanas, meses, anos. O tempo parece não se importar com seu estado árvore. Queria ter escrito todas as canções do Chico Buarque. Queria ter pintado todos os quadros do Portinari, cantado todas as canções da Elis. Assim poderia dar de presente a ela. Mas continua um compositor que não existe, um pintor que não sabe o jogo de luz, nem a profundidade, e um cantor que desafina, amor. Não pode oferecer isso a ela. Já não deu certo. Rancor por ter saído de casa duas vezes. Quando tudo parecia estar indo da melhor forma possível, voltou a flutuar para o outro lado. Compraram um apartamento a fim de morarem juntos, já que da primeira vez ela foi morar com ele, então seria diferente: estariam em um lugar dos dois. Mas nem assim conseguiu. Quando encontraram o prédio certo, já tinha deixado para ela a responsabilidade de construir um lar. Não conseguiu nem participar da reforma. Apenas escolhia os objetos. Mas estava feliz, sim. Contraditório. Barroco. Não queria ficar no meio do caminho. Teriam uma filha linda, com os cabelos encaracolados como os da mãe, os olhos grandes, escuros e o queixo do pai. Antonieta, esse seria seu nome. Pele de cupuaçu com pinhão. Adotariam um cãozinho para levá-lo ao parque aos domingos, uma fêmea. Cor de paçoca. Teriam uma cozinha linda, com estantes cheias de tempero, potes para café, farinha, açúcar. Afeto. Teriam uma cama enorme, dessas modelo king size para comportar todo amor que viria nos anos seguintes. Teriam uma banheira de hidromassagem para quando chegassem do trabalho, cansados. Um abajur tocando o teto da sala. Um piano para dar festas aos amigos. Muitos quadros espalhados pelas paredes para distrair e impressionar as visitas. Um guarda-roupa aberto para deixar o quarto colorido de roupas. Um quarto de visitas para quem quisesse passar alguns dias em sua companhia. Um álbum de fotografias infinito. Mas não deu certo. Ele olha ao redor de seu apartamento, que seria alugado para ajudar no financiamento do outro, e sente culpa. Não quis nada, não conseguiu. Voltou apenas com algumas peças de roupas, um colchão no lugar da cama antiga, um micro-ondas para esquentar a comida. Os quadros e os livros já estavam ali.

Nunca foram ao outro apartamento. Saiu de casa pela segunda vez. Não se lembra quanto tempo faz. Sente-se sufocado naquele quarto, naquela sala, mas há dias que não sai. Esconde-se debaixo da cama, com o telefone na mão, querendo que toque. Sua analista já disse que deveria chamar alguém para ficar com ele, sua mãe, talvez. Porém, não se lembra mais do número de Londrina. Está ausente. Ocupado. Sente um pouco de frio e busca um casaco. Foi em Lisboa, em uma loja de departamento. Quando ela viu essa roupa exposta na vitrine achou que era a cara dele. Mas não disse nada, quando chegaram no hotel, no meio do vinho do porto, ela abriu a bolsa e deu o presente. Sempre fez dessas surpresas. Adorava surpresas. Sente muita culpa por tudo isso. Ela só queria uma filha, um casamento, uma nova família. Era tudo que sempre quis. Mas chegou aos trinta anos. Não quer mais. Não consegue. Ele a fez esfriar o coração. Duro como pedra. Ficou estado árvore. Por quanto tempo? Quando soube que ela estava saindo com outra pessoa, escondeu-se debaixo da cama e não saiu mais. Talvez fosse mentira. Pura imaginação. Rancor.

Sim, era mentira, coisa da cabeça. Ele coloca o casaco e anda sem olhar para trás. Abre a porta da sala, chama o elevador e desce até a portaria. Rápido, sem ter tempo de desistir, anda pela Almirante Tamandaré a passos largos, sem saber aonde estava indo exatamente. Apenas foi. Entrou por outras ruas que não conhecia, passou pela reitoria da UFPR e se aquietou nas escadarias. Jogava conversa fora todas as manhãs por ali. Foram cinco anos com as mesmas pessoas, vários amores despretensiosos. Só pensava em literatura, mas não sabia o que faria depois, apenas gostava de estudar, de ler livros e mais livros, discutir com os professores sabichões. Achava-se poeta, compositor. Queria ser um rock star. Careta. Não deu certo. Ainda não foi gravado por ninguém, continua um compositor desconhecido sentado na escadaria da universidade, procurando algo que não sabe mais onde encontrar. Quando saiu de casa pela primeira vez, ela o fez conhecer uma analista. A única que poderia ajudá-lo. Confiava tanto na psicanálise, que resolveu ser uma psicanalista. Trabalha no hospital para doentes terminais e atende em seu consultório decorado com quadros que ele pintou. Essa era a condição para estarem juntos novamente: fazer análise. Algumas semanas depois ele começou a frequentar a poltrona bege clara colocada estrategicamente no meio da sala. Foram alguns meses apenas, logo foi deixando de lado essa condição e parou de falar. Saiu de casa pela segunda vez. Ele colocou as mãos frias nos bolsos do casaco e saiu da reitoria em direção à Rua XV. Pensa em ligar para a analista. Não consegue sair debaixo da cama. Precisa por um fim a isso. *Há de se esfriar o coração.* Mas não sabia o número. Passou pela rua sem ser notado e foi de encontro ao consultório que frequentou por alguns meses. Não sabia quanto tempo fazia que tinha saído de casa pela última vez, nem ao menos quando foi a última vez que ouviu a voz dela pelo telefone, precisava falar para alguém, conversar, chegar a um fim. No primeiro mês que voltou a fazer análise esteve com ela quarenta e duas vezes.

– Você me salvou quatro vezes das minhas tentativas de morte. Usei o gás, remédios, lençol e janela. Obrigado.

– Já disse que não precisa agradecer. Mas se acha que é importante me falar isso, então aceito o que fala.

– Estive em um parapsicólogo esses dias. Acho que já te falei, não é? Na verdade, tenho até vergonha de dizer, mas já estive lá quatro vezes.

– Vergonha?

– Não é meu mundo. Não sei se acredito nisso, mas tenho ido. Está me fazendo bem acreditar em alguma coisa além daqui. E te digo mais, fui em outro lugar que eu nem sei te dizer o que era. Um homem que me olhava e começava a falar que tinha algumas entidades do meu lado e do lado dela atrapalhando nossa energia. Eu tinha que pedir pra elas saírem de perto, educadamente, pra que meus pensamentos cheguem perto dela com energia total. Disse ainda que meu apartamento está com câncer. Preciso sair de lá urgente, ficar em um hotel até encontrar outro lugar pra morar. Mas não quero morar em outro lugar, quero voltar pra casa!

Não aguento mais esses pensamentos, essas tentativas e descobertas de pessoas que nem sei o que fazem e porque dizem esse tipo de coisa pra mim. Como ele sabe que minha energia não chega até ela? Lógico que não chega, ela não me atende! Preciso falar com ela. Por favor, você já se decidiu se vai chamá-la?

– Eu já falei com ela.

– Falou? Como assim? Não me disse nada!

– Disse a ela que você ainda tem uma chance. Uma única chance. E é aqui. Falando. Acredite no que diz, respeite as palavras. Disse a ela que o atendesse ao telefone, ao menos para dizer que está bem. Isso porque você me disse que é a única forma de se aliviar um pouco, de passar para o dia seguinte. Isso é sério, você tem uma chance.

– Chance de quê?

– De entender o que está acontecendo, de dar um fim. Não é isso que me diz? Eu apenas te escuto. Sei do que me fala.

– Sinto que sempre que venho aqui me repito. Falo as mesmas coisas. Não tenho novidades. Fico girando sobre os assuntos que me aconteceram pra chegar onde estou: sentado em uma poltrona bege clara falando pra você o que acontece comigo. Aliás, falando pra mim mesmo, não é? Você nem parece ser uma interlocutora, apenas repete o que digo. Mas é assim que se trata de algo na psicanálise, não é verdade? Minha tia frequentava um consultório também. Me lembro um dia em que fui com meu tio buscá-la. Estava chovendo bastante, muito frio. Ela entrou no carro com os olhos inchados de tanto chorar. Eu não conseguia entender porque ela ia naquele lugar pra chorar. Sempre era assim, voltava estranha, diferente, e não queria fazer mais nada, apenas se trancava no quarto e só saía de lá no dia seguinte. Isso também acontece com ela, comigo. Eu trouxe uma caixinha de lenços pra deixar aqui na mesa.

– Obrigada.

– Sem problemas. Minha tia usava muito esse tipo de lenço. Quando se fechava no quarto eu ficava tão triste que pegava meu saxofone e ia pra janela tocar. Acho que sempre quis ser como os poetas do século XIX, só me falta a tuberculose.

— Por que esse isolamento? É o mesmo isolamento que procura agora?

— Nunca tinha pensado. Talvez seja. Já te contei a história dos cachorros quando vão morrer?

— Sim.

— Pois é...

— ...

— ...

— Diga. No que está pensando?

— Percebeu que estou mais calmo hoje?

— Está?

— Sim, depois que me falou que ela vai me atender quando eu ligar, fiquei mais calmo. Inclusive não estou com falta de ar.

— Vamos deixar por aqui.

— Vamos!

No dia em que minha vó faleceu, eu estava trabalhando. Fomos levá-la no hospital, eu e meu primo. Era para ser um procedimento normal, como das outras três vezes. Os exames apontavam regularidade. Tudo em ordem. A não ser, é claro, os riscos naturais da idade. Mas como estava certo de que nada poderia dar errado, minha mãe nem precisou vir de Londrina para ajudar no pós-operatório, nós mesmos faríamos. Acordamos cedo, tomamos café e fomos calmamente pro hospital. Naquele dia meu coração estava doído, tinha acabado meu namoro de quatro anos na noite anterior e não poderia contar com ela para nos ajudar. Fomos os três de táxi para a cirurgia. Minha vó sentia dores fortes, foi difícil vê-la com um rosto abatido, tristonho, antes de entrar no quarto. Me deu um abraço e um beijo no rosto, cuidadosamente, e me disse: "fique com Deus, depois vem me buscar". E foi a última vez que falei com ela. Sinto sua falta dia após dia, constantemente. Mas me alegro também em saber que me amava e que fez tudo o que podia para nos deixar felizes. Sempre morei com ela, a vida toda. Mesmo quando não estava na mesma casa, estava no mesmo quintal. Fui seu último companheiro. Jantei sua última comida, bebi seu último leite com Nescau. Dei o último beijo nela e a olhei na UTI. Estava em paz, sem dor, com um ar de tranquilidade: tinha morrido há poucos minutos. Ainda escutava seu grito mais espantoso quando se abaixou para enxugar os pés e não conseguiu mais voltar: travou com dor nos rins. Bastante assustado, chamei uma ambulância. A dor só parou depois de tomar Buscopan na veia. "Maria pororoca, rebenta pipoca, Maria pororoca, rebenta pipoca". Cantava todas às vezes pros grãos de milho estourarem com mais vigor, todos cantávamos juntos na cozinha do pensionato. Soltava cada rojão! Meu Deus do céu, quem foi? Foi você, né, vó? Esperava até o último minuto do programa do Silvio Santos para ver o sorteio da Telesena, acreditava que pudesse ganhar algo. Mas nunca ganhou. O sofá ainda guarda o desenho de seu corpo, sentada sempre no mesmo lado. A bengala dos últimos dias está deitada em cima da máquina de costura que tanto usava. Ficava horas tentando colocar a linha na agulha, mas quando colocava não sobrava uma calça sem ser remendada! E como conversava com as plantas? Sim, com todas elas, uma a uma, todos os dias enquanto colocava água nos vasos. Dizia que elas entendiam o que falava. Era bonita. Não tinha um que não gostasse dela. Muitos passaram pelo pensionato de estudantes que tinha em Londrina. Foram trinta anos sem passar um dia sequer desatenta com os moradores do casarão. Eu cresci vendo pessoas chegando e indo embora, passavam por ali como fosse uma estação de trem, que leva e traz lembranças. Sinhazinha na cozinha, sempre do seu lado, ajudando com a comida, com a limpeza. A melhor comida do mundo é a comida de nossa casa. Sinto saudades do gosto, do tempero, da delicadeza de suas mãos, de seus cabelos, saudades de quando cantava uma canção que achava velha demais para mim, mas que hoje são minhas favoritas. Saudades de quando dizia que me amava tanto, que não se importava de esperar e queria fazer tudo para mim. Absolutamente. Quantos escorregões demos na vida? Queria ter dito a todo momento que eu a amava, mas não o fazia. Disse poucas vezes. Assim como também disse poucas vezes que amava minha tia. Nunca tive a oportunidade de dizer olho no olho que amava meu pai, eu era muito novo. Mas o amava, o amo mais que tudo na vida. Amo a todos que foram, que são os meus outros, as minhas vozes. Amo a mulher que não me atende, amo minha mãe, minha irmã, meu sobrinho. Amo meus amigos, os de sempre, os que já foram, os que abandonei. Amo a todos, menos a mim. Tenho câncer. Não no corpo, mas no pensamento. Minha casa está com câncer. Minhas palavras. Quando minha tia morreu, eu tinha medo de olhar para minha vó em Curitiba. Assim que soubemos da notícia, todos caíram. Quem nos falou foi meu primo. Dizia no telefone que sua mãe tinha sofrido um acidente e que estava no hospital. Mentiu para atenuar a dor. Morreu no asfalto, deitada fora do carro. Minha mãe sentiu na voz dele a mentira e passou a chorar. Desmaiou. Estávamos os três em casa, minha irmã saiu correndo para me chamar. Eu não sabia o que fazer, apenas me tranquei no quarto e fiquei esperando o que viria depois. Nada veio. Vazio. Acabou. Ela morreu. No mesmo dia fomos para Curitiba. Alguém tinha que avisar minha vó. Ela tinha acabado de se mudar, queria cuidar de meu primo e ficaria comigo, já que eu tinha acabado de passar no vestibular da UFPR. Aquele dia foi a última vez que morei em Londrina. Volto apenas para visitar minha mãe, minha irmã e meu sobrinho. Já se passaram quase vinte anos. Muita dor. Quando cheguei em Curitiba olhei pelo can-

to dos olhos para minha vó, não tinha coragem de encará-la, tinha acabado de perder uma filha. Só consegui abraçá-la depois de alguns minutos. Nunca mais foi a mesma. Nunca mais fomos os mesmos.

Há de se esfriar o coração. Mas quem? Essa frase dita em um momento de rancor pode ser muito dura e não tão verdadeira. Mas se dita com calma, palavra por palavra, olhando para o espelho, pode ser tão verdadeira quanto dizer que ama alguém olhando para os olhos dessa pessoa. Por isso não pode ser dita assim, sem mais nem menos, a qualquer momento e a qualquer pessoa. Precisa ser dita para o próprio espelho. Aí sim, olhos nos olhos. Os cabelos estão brancos. Tudo que faz é ir ao banheiro ensaiar mais um vômito. Não tem mais o que tirar do estômago. É seu ponto fraco. Sempre que está angustiado, sente vontade de vomitar, mas como faz dias que não se alimenta, não tem mais o que tirar de dentro. Apenas sangue. Quando consegue sair do banheiro, corre para debaixo da cama. Dessa vez, achou a última fotografia que tem de seu pai: além da que está em um porta-retratos na sala, a da capa do disco e aquela em que o está rodopiando no ar com seu amigo japonês, tem a que ele está sentado em uma escadaria com os braços recolhidos por entre as pernas, em uma posição de entrega. Tinha acabado de chegar ao hospital. Estava bastante abatido na imagem. Quando vomitou sangue há pouco, pensou no vermelho que viu sair da boca de seu pai que não parava de tossir quando foi visitá-lo. Lembrou que seu padrasto estava com a mão cortada apoiada na calçada. Sua vó morreu na mesa de cirurgia porque o corte da perna não coagulou. Tinha muito sangue na estrada depois do acidente. Não pôde ver sua filha nascer. Não teve a menina. Antonieta. Seria linda, cabelos encaracolados como os da mãe, olhos grandes, boca carnuda. Pele de cupuaçu com pinhão. A cachorrinha tinha a cor de uma paçoca. No apartamento que compraram, uma cama enorme, uma banheira de hidromassagem, uma cozinha com armários cheios de potes e um guarda-roupa colorido pelas roupas. Nada disso aconteceu. Tinha tudo para dar certo. Mas não deu. Corre os olhos pelo colchão que trouxe no dia em que saiu de casa pela segunda vez. Sujo de tantos dias. A roupa no corpo é a mesma de sempre. Barba branca. Os pelos do corpo já não pesam mais, caem vertiginosamente. Sente-se velho aos trinta e quatro anos. Acha que é a idade que deve terminar. O pai se foi aos trinta e nove, a tia com trinta e seis. Seus braços estão tão finos e frágeis como os de seu pai na fotografia. Nada lembra os cabelos pretos, longos, que foram para a Argentina no ano novo com a morena de Manaus, a mãe da Antonieta. Nesse ano estava vigoroso, nadava todos os dias, sonhava em ser um rock star. Deitou-se no solo do deserto do Atacama pensando ser o dono da vida. Curitiba era apenas uma lembrança, queria tomar conta do mundo. E estava acompanhado. Nunca sozinho. Mas o espelho lhe mostra só a sombra desse tempo. Só as rugas no canto dos olhos e da boca. Tão magro que os ossos do pescoço parecem cinzeiros fundos, prontos para receber as cinzas do cigarro que não fuma. Sempre careta. Prefere leite com achocolatado. Largou a foto sobre a cama e foi se deitar no chão gelado da cozinha. As costas doem de tanto se curvar de angústia. Nunca mais se curvou para tocar violão. Nunca mais ouviu outra canção. Apenas o silêncio e alarido de muitas vozes em sua cabeça. Fica espremido entre a pia e a parede, exatamente onde havia um fogão quando morava com ela. Do lado da torneira de gás. Está bastante cansado, há dias que não dorme. Desmaia naquele canto. E se parece tanto com seu pai.

– Ela vai pra Espanha.
– ...
– Quarenta dias! Meu Deus, o que ela pensa? Vai ficar quarenta dias na Espanha e no final do ano não terá nenhum dia de férias do hospital pra visitar os pais em Manaus. Como vou fazer longe dela? Tá certo que estou longe há tanto tempo que nem sei, mas sei que ela está aqui em Curitiba, sei que está no hospital, sei que à noite estará na casa dela. Mas e na Espanha? E o pior, ela não quer me dizer pra

qual cidade vai, com quem vai e onde vai ficar. Nada. Disse que não vai poder me telefonar, nem terá celular, vai desligar. Ultimamente ao menos tem atendido às minhas chamadas, mas sinto que está cansada. Não quer mais ouvir minha voz. Não quer mais falar meu nome. Está cada vez mais irritada com meu jeito. Brigamos tanto quando estávamos juntos. Bobagens. Ou não. Talvez não fossem bobagens. Eu a escutava sempre, mas parecia que não queria dar importância às suas coisas. Mas eu queria, sim. Só não sabia demonstrar. E acho que ela também começou a ter dificuldades em me mostrar as coisas. Houve momentos em que ficamos bem afastados um do outro, mesmo morando na mesma casa. Eu sempre chegava tarde, fazia todos os esportes possíveis depois do trabalho. Ela tinha deixado duas noites livres de seus afazeres pra ficarmos juntos, mas eu não tive sensibilidade suficiente pra perceber isso. Dizia que ela tinha que ser clara, mas não estávamos conseguindo. Não sei ao certo o que aconteceu no meio do caminho. É certo que nos amávamos, disso eu tenho certeza, mas às vezes acho que era um amor diferente em ocasiões diferentes. Eu ainda a amo. E sei que também me ama. Mas será o bastante? Não foi. Ela vive dizendo que nos fizemos mal, mas prefiro pensar nos momentos em que nos fizemos bem um ao outro. E foram tantos. Sei que também houve, de fato, essas ocasiões em que nos tratávamos como inimigos, mas a amizade se sobrepunha a tudo. Éramos companheiros.

– ...

– Ela queria uma filha, uma família nova, uma casa. Sabia que tinha até nome? Antonieta. Bonito, não é? É um nome português. Pensamos nesse nome quando estávamos em Lisboa, andando por Alfama.

– ...

– Vivíamos juntos. O tempo todo. Em alguns momentos ela me ligava de hora em hora, e eu de meia em meia hora. Nunca fiquei mais que um dia sem ligar pra ela e o máximo de tempo em que ficamos afastados foi quando eu estava no deserto do Atacama logo no começo do namoro. Mas estávamos juntos. Agora não sei o que pode acontecer. Ficará quarenta dias longe daqui, em um país que não conhece, com pessoas que nem sei se conhece. Diz que vai trabalhar em um bar à noite, vai cantar. Não sei bem ao certo, ela não quer me dizer. Madrid? Barcelona? Está muito brava com minhas ligações, com minha presença. Sei que precisamos nos afastar pra darmos fim ao que está acontecendo. Só assim poderíamos começar algo novo, porque do jeito que está não será possível, mas não estou conseguindo me afastar.

— ...

— Sei que esse tempo em que ficará na Espanha pode ser exatamente o momento do afastamento de que estamos precisando, mas na prática vai ser dolorido. Não sei se vou aguentar tanto. Mas também não tenho a menor ideia do que sou capaz de fazer. Eu poderia ir me encontrar com ela em qualquer cidade, mas ela precisa querer que eu vá. Já disse que não quer. No carnaval eu comprei passagens pra irmos pro Rio de Janeiro, mas ela não queria estar comigo. Disse que estava muito magoada ainda e que precisava pensar na vida. Foi com os amigos. Foram quatro dias em que achei que fosse morrer, mas nem isso eu consigo. Sei que não consigo. Já tentei.

– ...

– Minhas costas doem. Não faço a barba há semanas, não me alimento. Não consigo trabalhar direito. Fico tentando entender onde errei. Onde erramos. Concluo que a culpa é toda minha. Culpa. Perdi o controle. Acho que sou mesmo a cirrose de meu pai.

– ...

– A última vez em que fui a Londrina desejei tanto que o avião caísse... seria uma morte involuntária. Acho que todas as mortes que vi na minha família foram involuntárias.

– Vamos deixar por aqui.

B, leia essa carta apenas quando estiver no avião, indo para Espanha, por favor: me disse na última vez em que nos falamos que estou precisando me curar. Estou muito sentimental. Brega ao falar de amor. Pode ser, sim. Não sei como fazer. Estou tentando, sim, esfriar meu coração, deixá-lo num canto da sala para pegá-lo só depois. Mas ele não esfria tão facilmente. Foram tantas palavras que ficaram em todas as partes do corpo, mas que agora não me deixam descansar. Não para de falar. Ficamos pelo caminho. Eu, mais uma vez, sinto que toda a culpa é minha, e isso não é da boca para fora. Essa culpa eu herdei de alguém, não nasceu comigo, ela foi ficando sorrateira por aqui. Chegou quando eu vi meu pai no hospital, quando ouvi o grito de dor da minha vó, ficou nas calçadas de Londrina e na estrada. Quando saí de casa pela segunda vez, fiquei pelo caminho. Ficamos. Nossa filha poderia ter sido tão linda: cabelos encaracolados, olhos grandes e escuros, pele de cupuaçu com pinhão. O apartamento teria uma cama enorme king size, uma banheira de hidromassagem, armários com potes pro arroz, açúcar, farinha e um guarda-roupa colorido de roupas. Mas quando percebi, troquei o peso da mão para continuar chegando. As canções ficaram gravadas para ninguém ouvir. Os livros escritos em branco. Estou tão cansado. Cabelos brancos, barba rala, os pelos do corpo estão caindo. O olhar anda fundo, esquecido. Mas é preciso continuar, aprender a lição de casa. Sou, sim, sentimental. E não poderia ser diferente. Você também é. Apenas se esqueceu disso. Eu sou a cirrose de meu pai. Mas não sou ele. Não quero ser ele. Não tenho a obrigação de continuar o que ele deixou para trás. Não preciso continuar a vida da minha tia, da minha vó. Escuto as vozes deles, mas não tenho que reproduzir. Mas estou fazendo exatamente o oposto disso. Só consigo atravessar o rio se alguém me empurra pro outro lado. Você segurou na minha mão por dez anos e estava me levando para onde queria, até o dia em que escorreguei e me soltei. Depois ajudou a me levantar, limpar os pés e continuar passando pelas águas do rio. Mas a correnteza estava forte demais. Fomos os dois levados e nos perdemos um do outro. Espero, sinceramente, que nos encontremos diferentes mais tarde, a qualquer momento, para descobrirmos que temos outra trilha que nos levará para a margem seguinte. Te amo, B.

Quando olha no relógio, percebe que já está passando da hora. Seria um momento muito difícil, não sabe como vai se comportar, mas necessário. Passou mais uma noite acordado, pensando no que dizer, já que disse tanta coisa nesses meses. Não havia mais novidade para contar, apenas para saber. Porém, ela não contaria. Não sabe para qual cidade ela vai, com quem vai e onde ficará. Não quis contar. Ele pediu para levá-la ao aeroporto a fim de se despedir, novamente. Tantas vezes se despediram, tantas vezes acharam que seria o último beijo, o último abraço, os últimos olhares, e nunca foram. Acredita que nunca será. Deixa para amanhã. Durante a noite, esboçou algumas palavras escritas que entregaria para ela ler durante o voo. Redesenhou diversas vezes até se cansar e ficar olhando para o papel pintado. Pensou ter escrito muitas frases, pedindo desculpas, justificando as razões pelas quais saiu de casa duas vezes, mas ficou no pensamento. Conseguiu apenas escrever que a amava. Nada mais. Queria ter dito mais vezes "eu te amo". Tinha tudo para dar certo. Mas já não deu. Passou pelo corredor da casa apressado, pegou o casaco, as chaves do carro e foi buscá-la em casa. De fato, depois de insistir muito, ela o deixou levá-la para o aeroporto, mesmo não querendo o suficiente. Seria mais uma despedida. Quando chegou perto do interfone para chamá-la, ficou por alguns instantes olhando para aqueles números, embaçados. Não tinha certeza de qual número era. Os carros passavam pela Almirante Tamandaré fazendo bastante barulho, não conseguia ouvir se alguém tinha atendido. Apertou várias vezes em alguns números possíveis, mas só depois de um tempo é que percebeu que ela já estava lá embaixo, esperando por ele. Fazia muitos dias que não a via. Estava magra. Os cabelos cresceram, a pele continuava com a cor de cupuaçu. Apenas se olharam e foram para o carro. Nenhuma palavra. Nada foi dito no caminho. Ensaiou algumas coisas que queria dizer, esboçou a vontade de começar a falar, mas nenhum dos dois abriu a boca. Seguiam para o aeroporto. Chegaram a tempo de fazer o check-in de embarque. Ele tira a carta do bolso e a entrega. No envelope estava escrito: "Leia essa carta apenas quando estiver no avião". Despediram-se com os olhos. Ficou parado na porta da sala de embarque por alguns minutos, até entender que ela tinha ido. Ela ficará quarenta dias na

Espanha, sem telefone. Puxou o ar para os pulmões cansados e voltou para debaixo da cama, coberto com o pó do apartamento. Teria sido assim se a tivesse deixado levar ao aeroporto?

– Trago comigo algo muito contraditório. Sempre falei pra você que sou barroco, não é? Não sei se essa palavra é a melhor pra descrever o que sinto, talvez seja contraditório mesmo. Ao mesmo tempo em que estou sem vontade nenhuma, angustiado e despercebido, posso me envolver com apenas um telefonema e melhorar a cor. Mas dessa vez nenhum telefonema será possível. Ela viajou ontem. Quis tanto acompanhá-la ao aeroporto. É certo que não saberia o que dizer. Acho que não trocaríamos nenhuma palavra pelo caminho.

– ...

– Nada. Apenas nos olharíamos de vez em quando, como se querendo dizer algo que não era preciso, que já tivesse sido dito inúmeras vezes. Quis ter escrito algumas palavras em uma carta para entregá-la antes de entrar na sala de embarque, mas o papel ficou apenas com uma frase, não tinha mais o que dizer. Pensei muito sobre isso.

— Não dormiu novamente?

— Sentei na poltrona que era dela e apaguei. Acordei com as costas doloridas e com muita fome.

— Fome? Conseguiu se alimentar?

— Esquentei uma lasanha no micro-ondas, mas não consegui comê-la inteira. Passei mal novamente. Acho que é uma comida muito pesada pra quem não come há tempos como eu.

— Sim, possivelmente. É preciso se alimentar direito, várias vezes ao dia.

— ...

— Você já sabe disso, não é? Você mesmo me disse.

— Pois é. Sei, sim.

— ...

— Tive um sonho esquisito quando estava dormindo na poltrona.

— É mesmo? E o que sonhou?

— Sonhei que morávamos em um lugar afastado do centro, em um bairro bem simples. A casa era de madeira, com um portãozinho de ferro todo enferrujado. Eu estava na porta da sala olhando pra fora quando um cachorro velho chegou bem lentamente, com os pelos brancos e ralos, cabisbaixo e manco. Ele se aproximou do portão e se deitou. Colocou a cabeça em cima das duas patas da frente e ficou olhando para mim. Depois de alguns minutos daquele jeito, vejo que uma mulher desce do ônibus e caminha em direção à nossa casa. Olha pro cachorro deitado no meio do caminho e abre o portão pra que ele pudesse entrar. Com bastante dificuldade, o cãozinho se levanta, vai até a sala e, sorrateiro, se deita no tapete. Não falamos nada. Apenas fechamos a porta.

– ...
– Tenho pensado sobre isso.
– E o que pensou?
– Pensei em adotar um cachorro.
– Vamos deixar por aqui.